Arni Klein

Nichts zu verlieren

Arni Klein
Nichts zu verlieren

*Wenn du nichts hast,
hast du nichts zu verlieren*

Bob Dylan

Titel der englischen Originalausgabe: *Nothing to Lose*
Copyright © 2003 Arni Klein

Aus dem Englischen übersetzt von Tina Pompe

Copyright © der deutschen Ausgabe 2006 Asaph-Verlag

1. Auflage 2006

Satz/DTP: Jens Wirth/ASAPH
Druck: Schönbach-Druck, D-Erzhausen

Printed in the EU

ISBN-10: 3-935703-78-3
ISBN-13: 978-3-935703-78-9
Bestellnummer 147378

Für kostenlose Informationen über unser umfangreiches
Lieferprogramm an christlicher Literatur, Musik und vielem
mehr wenden Sie sich bitte an:

ASAPH, D-58478 Lüdenscheid
E-Mail: asaph@asaph.net – Internet: www.asaph.net

Ein Hinweis für meine Brüder und Schwestern in unserem Messias Jeschua

Ich habe meine Geschichte ursprünglich für eine sehr spezielle Gruppe von Menschen aufgeschrieben, nämlich für alle, die sich irgendwo in ihrem Unterbewusstsein sehr wohl darüber im Klaren sind, dass es mehr im Leben geben muss, als man auf den ersten Blick meinen könnte, dass die sichtbare Welt um uns herum doch nicht alles sein kann. Dieses Büchlein soll eine Ermutigung für alle sein, die ehrlichen Herzens auf der Suche sind und die sich nach einer Wahrheit mit Ewigkeitswert ausstrecken. Ich habe die Erfahrung gemacht – und mit mir zahllose Menschen, denen ich in den letzten dreißig und mehr Jahren begegnet bin –, dass jeder Suchende die Wahrheit letzten Endes gefunden hat, vorausgesetzt, er war wirklich bereit, ihr ins Gesicht zu sehen.

Obwohl die Ereignisse in diesem Heft alle stattfanden, ehe ich Jeschua kennen lernte, können auch die davon profitieren, die bereits wiedergeboren sind. Viele von uns, die bereits länger Christen sind, und da schließe ich mich selbst ein, waren lange Zeit der Meinung, dass wir nichts mehr von denen lernen können, die noch nicht in das Reich Gottes hereingekommen sind. Aber zu meiner eigenen großen Überraschung habe ich entdeckt, dass *der Zustand, in dem ich mich befand, ehe ich zum Glauben kam, in mir als Gläubigem eine tiefe, uneingestandene Eifersucht weckte.* Wie Sie bei der Lektüre meiner Geschichte sehen werden, war mein Leben eine verzweifelte Suche, die nur in den Armen Gottes oder mit meinem Tod enden konnte. Damals war ich von einer solchen Leidenschaft getrieben, dass ich in einige recht merkwürdige Situationen geriet. Die Qual dieser Leere musste beendet und mein Hunger gestillt werden.

Nachdem ich den Herrn kennen gelernt hatte, verschwand der Schmerz, und schon sehr bald hatte ich es mir in meinem neu gefundenen Leben sehr gut eingerichtet. Erst viele Jahre später begriff ich, dass ich das Feuer verloren hatte, das mich erfüllt hatte, als ich meinen Weg begann. Ich dachte: „Das kann doch nicht sein, dass den Herrn zu kennen ein weniger leidenschaftliches Leben mit sich bringen sollte, als verloren zu sein." Ich denke, Sie verstehen, worauf ich hinauswill.

Ich bete, dass auch Sie auf Ihrer Reise diesen ewigen Schrei eines hungrigen Herzens finden ... in Ihrem Innersten.

Arni Klein

Koste es, was es wolle,

    komme, was da wolle,

        Wahrheit ist das Einzige, was zählt.

Das ist ein Ruf und eine Reise,
für die wir alles andere
hinter uns lassen müssen.

Ist es nicht bisweilen seltsam,

wie wir oft durch unser Leben gehen, als wäre alles in bester Ordnung, aber dann wird mit einem Mal scheinbar ohne jeden ersichtlichen Grund unsere komplette Lebenseinstellung auf den Kopf gestellt? Das erinnert mich an ein Erlebnis, das ich einmal auf einem Highway im US-Staat New York hatte. Als ich aufschreckte, brach mir der kalte Schweiß aus. Ich war auf einem kurvenreichen Stück der Straße hinter dem Steuer eingenickt, während wir mit 80 Stundenkilometern unterwegs waren. Solange ich schlief, ging es mir gut, aber als mich im Erwachen die Erkenntnis überfiel, dass ich eingeschlafen war, zitterte ich am ganzen Körper.

Vorab

Die Revolution der sechziger Jahre war der Beginn von erdrutschartigen Veränderungen in der gesamten amerikanischen Gesellschaft. In vielen Menschen wurde zum ersten Mal das Bewusstsein für die Realität des inneren, geistigen Lebens geweckt. Ganz normale Durchschnittsbürger aus der Mittelschicht wurden fast über Nacht aus ihren geregelten Bahnen geworfen und machten sich auf die Suche. Einige experimentierten lediglich hier und da mit verschiedenen Lösungen, wobei sie Kostproben der unterschiedlichsten Gurus und Philosophien zu sich nahmen, die zu der damaligen Zeit gerade in Mode waren. Aber andere verkauften ihren gesamten Besitz, packten ihre Koffer und machten sich auf eine Reise, deren Ziel noch im Dunklen lag.

In unserer modernen Gesellschaft gibt es zahllose Menschen – aller Altersklassen in allen erdenklichen Lebensumständen –, die einen Punkt erreicht haben,

an dem die Spannung in ihrem Leben unerträglich wird. Der rapide zunehmende Werteverfall und fehlende Ideale haben das Fundament unseres Lebens ausgehöhlt, und wir müssen uns darüber klar werden, dass unser Haus lediglich auf Sand gebaut ist. Die Vorschriften und Prinzipien, die wir von unseren Eltern, Lehrern, religiösen Führern oder Mentoren übernommen haben, haben keinen Bestand mehr. Es gibt keinen Ersatz für persönliche Erfahrung oder Offenbarung. Wir müssen wissen, dass wir wissen, dass wir *wissen*. Das Einzige, das uns wirklich Frieden und Erfüllung bringen kann, ist die Wahrheit.

Hallo ... aufwachen!

Ich war voll und ganz damit beschäftigt,
die Karriereleiter als Werbemanager
in meiner Firma zu erklimmen, als mich
ganz unvermittelt die Realität ansprang.
Ich war mit einem Mal völlig perplex, wie ich
nur so lange hatte leben können, ohne mir
jemals bestimmte Fragen gestellt zu haben:

Wer bin ich?

Was bin ich?

Wo komme ich her?

Wo gehe ich hin?

Was ist der Sinn des Lebens?

Was ist der Tod?

Was ist richtig?

Was ist falsch?

> **Vom Augenblick
> unserer Geburt an gehen
> wir alle auf unser Grab zu.
> Wir sterben alle.**

Kann es sein, dass unser Lohn darin besteht, dass wir einfach aufhören zu existieren, *dass wir ins Grab gehen und nicht mehr sind*, dass wir unser Bewusstsein verlieren und es uns nur noch in der Erinnerung eines anderen gibt? Wenn das wahr ist, macht es keinen großen Unterschied, ob man eins, vierzig oder hundertzwanzig wird. Aber was, wenn mit dem Grab nicht alles zu Ende ist, und wenn der Tod nur eine Türe darstellt? Was wäre, wenn das, was wir hier tun, einen Einfluss darauf hätte, was danach geschieht?

In New York

Der Sommer des Jahres 1969 war für mich der Anfang einer inneren Suche nach Sinn und Bedeutung. Oberflächlich betrachtet ging es mir ziemlich gut. Im Alter von 22 hatte ich bereits drei Jahre in der Werbeindustrie gearbeitet. Allmählich konnte ich sogar den Weg zu einem der begehrten Einzelbüros mit der herrlichen Aussicht erkennen, der sich vor meinem inneren Auge entfaltete. Natürlich war es noch eine beträchtliche Wegstrecke bis dahin, aber der Erfolg war bereits in Sicht.

Meine Adresse erregte zumindest in bestimmten Kreisen einigen Neid. Meine Wohnung war auf der East Side von Manhattan gelegen, zehn Minuten Fußweg von meiner Arbeitsstelle entfernt. Nach außen machte die Arbeit in der Werbebranche Spaß und war herausfordernd. Es war eine ganz eigene Welt von Menschen, die kreative Texte schrieben, von Künstlern und Werbestrategen, die sich zusammengefunden hatten, um neue Wege zu entdecken, wie sie mehr Menschen mehr Dinge verkaufen konnten, obwohl diese ohnehin bereits mehr besaßen, als sie jemals nutzen konnten. Aber obwohl ich erst seit kurzer Zeit in dieser Sparte gearbeitet hatte, konnte ich bereits die oberflächliche Halsabschneiderei erkennen, die scheinbar die Grundlage für den gesamten Wirtschaftszweig bildete. Diese

Erkenntnis kam zu all dem hinzu, was ohnehin in der Welt geschah, und das machte mich zu einem sehr zornigen jungen Mann.

Yonit lebte in Philadelphia, aber sie war für eine Zeit lang nach New York gekommen, um dort modernen Tanz zu studieren. Wir begegneten uns in einem Restaurant. Sie arbeitete als Kellnerin und ich war Gast. Meine Werbung um sie war sehr einfach. Zu unserer ersten Verabredung kam sie nach der Arbeit in meine Wohnung und ging nicht wieder weg. Mein geflochtener Schaukelstuhl hatte einfach ihr Herz gewonnen. Zwei Wochen später beschlossen wir zu heiraten. Wir waren sicher, dass alles gut werden würde, solange wir uns nur aneinander festhalten könnten, während die Welt um uns herum immer weiter im Wahnsinn versank.

Nur wenige Tage nachdem wir beschlossen hatten zu heiraten, erhielt ich die Benachrichtigung, dass die US-Armee mich für würdig befunden hatte, den *American Way of Life* im Dschungel Südostasiens zu schützen. Das war aber nicht mein Krieg. Wenn man meine Abneigung gegen die oberflächliche, westliche Lebensart in Betracht zieht, ist es nur verständlich, dass Vietnam der letzte Ort war, wo ich hin wollte. Ich legte Einspruch gegen meine Einberufung und Einstufung als diensttauglich ein. Ich behauptete, für den Militärdienst psychisch untauglich zu sein; daher wurde ich zu einem Treffen mit einem Militärpsychologen gebeten, der feststellen sollte, ob die Armee ungeachtet meiner Behauptung nicht doch ein Plätzchen hätte, das ich ausfüllen könnte. Von dieser Begegnung hing sehr viel für uns ab. Wir hatten nämlich beschlossen, falls ich nicht als untauglich eingestuft werden sollte, die USA zu verlassen und uns der wachsenden Zahl von Wehrdienstverweigerern in Kanada anzuschließen.

Am Tag der Untersuchung stand ich früh auf, um mich auf meine Rolle einzustimmen. Ich hatte mir vorgenommen, jemanden darzustellen, der jeglichen Kontakt mit der normalen Außenwelt verloren hatte, zugeknallt mit Drogen und ohne Lust und Grund zu leben war. Dieser „Mensch" war so neben der Spur, dass, ganz gleichgültig, was der Psychologe sagte oder wie er mit mir redete – irgendwann wurde er ziemlich wütend – meine Antwort stets die Gleiche war: *Nichts*. Einige Monate später erhielt ich einen Brief, der mich davon in Kenntnis setzte, dass ich für meine Darbietung als 4F eingestuft worden war, was eine bedingungslose, psychisch begründete Untauglichkeit bedeutete.

Das Leben in diesen Tagen war von Demonstrationen, Märschen, Reden, Sit-Ins, Protesten und Straßenschlachten geprägt. So sehr wir uns auch mit den Anliegen dieser Bewegung identifizierten, war uns doch nicht an einem Umsturz in Amerika gelegen …

LSD

weder durch Gewalt noch auf sonstige Art und Weise. Für uns war freie Liebe wesentlich ansprechender. Wir sagten (nur halb) im Scherz, dass die Welt lediglich etwas LSD in der Trinkwasserversorgung bräuchte, damit die Menschen aus ihrem Laufrad und der Ellenbogengesellschaft aussteigen könnten und sich einfach lieben würden. Das mag heute vielleicht komisch klingen, aber wir waren nicht die Einzigen, die so dachten.

Die Hippie-Szene war unser Leben. Anstatt mit Gewehren zu marschieren, marschierten wir mit Kerzen und Blumen. Wir zogen durch die Straßen New Yorks, um den Krieg zu beenden. Wir gingen nach Washington, um den Krieg zu beenden. Aber je mehr wir protestierten, je mehr wir marschierten, desto mehr erkannten wir, dass der Krieg in uns selbst tobte.

Das Anliegen der *Black Panther* (eine schwarze Bürgerrechtsbewegung) sprach uns sehr an. Wir nahmen sogar an einigen Demonstrationen teil. Es gab ein Zitat von *Black-Panther*-Mitbegründer Eldridge Cleaver, das uns besonders bewegte: „Wenn ihr nicht Teil der Lösung seid, seid ihr ein Teil des Problems!" Und wir wollten auf keinen Fall ein Teil des Problems sein.

Ein Zeichen am Himmel

Eines Tages suchten wir eine Zweigstelle der *Black Panther* in der Nähe auf, um herauszufinden, wie sich zwei weiße Hippies an diesem ethnischen Freiheitskampf beteiligen konnten. Zu unserer großen Enttäuschung entdeckten wir, dass der selbstsüchtige Ehrgeiz und Streit dort ebenso groß war wie der, vor dem wir geflohen waren.

Inzwischen war ich so frustriert, dass ich nicht länger in dieser „Scheinwelt" arbeiten konnte. Ich hatte kein Verlangen mehr, mein Leben zu investieren, um ein neues Auto oder ein Häuschen auf dem Land kaufen zu können. Der Inhaber der Werbeagentur, für die ich arbeitete, meinte ebenfalls, dass ich anderweitig wohl glücklicher wäre.

Im darauf folgenden Jahr arbeitete Yonit als Sekretärin für einen Verlag, während ich Arbeitslosengeld bezog, auf Bäume stieg und versuchte, frei von mir selbst zu werden. Marihuana war zu einem selbstverständlichen Teil unseres Lebens geworden. Wenn ich unter Drogen stand, hatte ich das Gefühl, mit fast allem fertig werden zu können. Ich hatte in mir selbst einen sicheren Zufluchtsort gefunden. Das einzige Problem bestand darin, dass ich diesen Platz nie wiederfinden konnte, sobald die Wirkung der Drogen nachließ.

Eines Tages standen wir auf einer der Brücken, die über den Hudson führen, und blickten nach Süden in Richtung Manhattan. Eine große, dunkle Schmutzwolke hing über der ganzen Insel. Mit einem Mal hatten wir beide den gleichen Gedanken: „Wir müssen hier weg!" Wir waren schon lange bereit, die ganze Welt des Materialismus hinter uns zu lassen. Kurz entschlossen packten wir unsere Koffer und machten uns auf die Reise in den kosmischen und übernatürlichen Bereich.

Das Gedankengut, das aus Indien und dem Fernen Osten nach Amerika herüberschwappte, hatte es uns wirklich angetan. Das Versprechen der Lehren wie Yoga und anderer fernöstlicher Religionen klang uns wie Musik in den Ohren: *Sei frei! Setze dem Karma ein Ende! Spring ab von diesem Laufrad! Gib alles auf!* Das Einzige, was uns unterdrückt, ist die Tatsache, dass wir an dieser Welt festhalten. Hier hatten wir mit einem Mal die Verheißung von sehr viel mehr als lediglich der physischen Freiheit – es ging um die ewige Freiheit von Seele und Geist. Wir verließen Manhattan, um nach Indien zu reisen … dabei kamen wir bis Philadelphia.

Yonit hatte ein paar Jahre lang dort gelebt und hatte noch Verwandte in der Stadt. Wir beschlossen, einige Zeit hier zu bleiben, ehe wir unsere Reise nach Osten fortsetzen wollten. Aber nach und nach waren wir so in der *New Age-Hippie*-Gemeinschaft von Philadelphia eingebunden, dass wir schließlich eine Wohnung mieteten, einen gebrauchten VW-Bus kauften und einen schwunghaften Handel mit selbstgemachten Lampen aus buntem Glas aufzogen.

Im Vergleich zu Manhattan war Philadelphia eine Kleinstadt. Die Gebäude waren nur wenige Stockwerke hoch und die Menschen begrüßten sich auf der Straße. Das Straßenbild in dem Stadtteil, in dem wir lebten, wurde von Kunstgewerbeläden, modernen Theater-Ensembles, Kaffeehäusern und kleinen Boutiquen geprägt. Die meisten Bewohner dieser Gegend waren schlecht bezahlte Afroamerikaner und Pilger auf ihrer spirituellen Suche, die sich von der etablierten Gesellschaft abgewandt hatten, um sich auf die Suche nach dem Weg zu einem höheren Bewusstsein und ewigem Frieden zu machen.

Der geistliche Lehrer

Der wichtigste Treffpunkt der ganzen Gegend war Toms Haus. Die Tür stand stets offen und dort war immer etwas los. Wir hatten eben erst über einen der vielen „Avatare" in Indien gelesen (angeblich Gott in fleischlicher Form für das jeweilige Zeitalter), Satya Sai Baba, von dem man berichtete, dass er über die übernatürliche Fähigkeit verfügte, Dinge aus dem Nichts erschaffen zu können, und dem man beinahe schon Allwissenheit über weltweite Ereignisse zuschrieb, als Gil das Haus betrat. Äußerlich war er keine besonders auffallende Erscheinung, aber er besaß Charisma und vermittelte stets einen „wissenden" Eindruck, sodass wir wie magisch von ihm angezogen wurden. Jemanden wie ihn hatten wir noch nie zuvor gesehen. Einer der Philosophen, von denen wir gelesen hatten, hatte behauptet, dass die Menschheit in dem Kreislauf gefangen war, stets einen Funken der Wahrheit zu erkennen, um dann wieder in den Schlaf des Vergessens abzugleiten. Wir brauchten jemanden, der uns wach halten würde … der uns dabei helfen würde, uns zu erinnern. Konnte es sein, dass ausgerechnet er uns lehren würde? Gil war soeben von einem zweijährigen Indienaufenthalt zurückgekehrt, den er zu den Füßen eben des Mannes verbracht hatte, über den wir gelesen hatten, Sai Baba.

In den nächsten Wochen tauchte Gil überall dort auf, wo wir uns gerade aufhielten. Wo immer er war, zog er letzten Endes alle Aufmerksamkeit auf sich. Wir wollten nur noch da sein, wo er auch war. Mit seinem langen Haar, dem rötlichen Bart und dem gestreiften Overall war er der freieste und gelösteste Mensch, dem wir jemals begegnet waren. Seine Botschaft war einfach: „Lass los! Halte an nichts fest! Alles um uns herum ist nur ein Teil der ‚Illusion'."

Eine seltsame Truppe

Eines Nachmittags tauchte Ken in Toms Haus auf. Er war nach einem Nervenzusammenbruch gerade frisch aus dem Krankenhaus entlassen worden. Bereits nach wenigen Tagen war er einer von uns geworden. So zogen Gil, Ken, Yonit und ich gemeinsam von Haus zu Haus und predigten unser Evangelium der Loslösung von allen materiellen Gütern. „Lass los und lass Gott." Viele Menschen kamen, um uns zuzuhören. Manche öffneten uns auf ihrer Suche nach der versprochenen Freiheit sogar ihre Häuser. Aber die meisten hielten sich eine Weile in unserer Nähe auf und fanden uns dann doch ein wenig zu abgedreht. Wir machten einen wilden Eindruck, aber unser Leben wurde allein von der Suche bestimmt, Gott zu finden (was auch immer das sein mochte).

Wir entwickelten unsere eigene Art der Anbetung. Unsere Gitarren waren auf keine spezielle Tonart gestimmt und wir sangen aus voller Kehle: *„O Gott, o Gott, o Gott, o Gott, o Gott, o Gott, o Gott, o Gott, o Gott, o Gott!"* – immer und immer wieder.

Da sowohl Ken als auch Gil und ich Juden waren, dachten wir, es müsste einen wirklichen Höhenflug für uns bedeuten, wenn wir derart „frei" in einer Synagoge anbeten könnten. Nachdem wir herausgefunden hatten, wo sich die nächstgelegene befand, passten Ken und ich einen Zeitpunkt ab, zu dem sich wahrscheinlich sonst niemand dort aufhalten würde, und machten uns auf den Weg. Wir saßen einige Minuten schweigend da, um unsere Hemmungen zu überwinden. Dann begannen wir mit unserem Singsang: *„O Gott, o Gott, o Gott, o Gott, o Gott …"* Je länger wir so sangen, desto lauter und freier wurden wir. Es dauerte nicht allzu lange, bis der Rabbi den Gottesdienstraum betrat, um die Ursache für den Krach herauszufinden. In genau diesem Augenblick war Ken in einer spontanen Gefühlsaufwallung von unserer Bank aufgesprungen, wobei die Hosenträger rissen, die seine Jeans festhielten. Und wie viele andere Hippies hielt Ken nichts von Unterwäsche. So kam es, dass wir zu Gott riefen, während der Rabbi die Polizei rief. Wir hatten das untrügliche Gefühl, dass Gott uns anwies, ihn an einem anderen Ort weiter anzubeten.

Eines verschneiten Abends saßen wir um ein gemütliches Feuer herum und waren alle auf LSD. Mit einem Mal hatte Ken den Einfall, draußen auf der Landstraße die vorbeifahrenden Autos mit einer Kamera zu filmen. Wie man es von jemandem erwarten würde, der ständig zugedröhnt, heißblütig und abgedreht war und der die Verbindung zur normalen Außenwelt um sich herum abgebrochen hatte, entledigte er sich für diese Gelegenheit seiner gesamten Kleidung. Ich glaube nicht, dass er mit dieser Aktion den Preis für den besten Film des Jahres gewann, aber Sie können sicher sein, dass auch heute noch irgendwo in den Bergen von Pennsylvania jemand seinen Enkeln die Geschichte vom nackten Kameramann im Schneesturm erzählt.

Selbst unsere Art zu sprechen war in gewisser Weise ungewöhnlich. Wir hielten nichts davon, „Nein" zu sagen, deshalb waren wir gezwungen, neue Sätze zu finden, mit deren Hilfe wir diesen Gedanken ausdrücken konnten. Die allgemein übliche Antwort auf eine Frage wie: „Weißt du, wo Yonit ist?" lautete demnach: „Ich bin ohne die Information." In gleicher Weise sagten wir, wenn wir ein unerwünschtes Angebot ablehnen wollten: „Ohne das" anstelle eines einfachen „Nein!" Gil nahm diese Sache sehr ernst. Er ertrug nicht die geringste Form von Negativität.

Einmal saßen wir alle in unserem Wohnzimmer, als er eine Frage stellte, auf die Ken mit einem schallenden „Nein!" antwortete. Gil erhob sich ruhig, aber ohne zu zögern, ging hinüber zu der Wand, an der unsere Gitarre lehnte, ergriff sie und schmetterte sie Ken höflich auf den Kopf. Ohne mit der Wimper zu zucken, blickte Ken zu Gil auf, entschuldigte sich für seine Negativität und bedankte sich bei ihm für die Korrektur.

Eines Tages erzählte uns Gil, dass er nach London fliegen würde, um dort eine junge Dame aufzusuchen, die er beim Trampen in Kalifornien kennen gelernt hatte, da sie eigentlich zu unserer Gruppe gehören sollte. Yonit beschloss, in den Vereinigten Staaten zu bleiben, während wir drei uns in das neue Abenteuer stürzten. Die Grenzbeamten bei der Einwanderungsbehörde in London überprüften Kens und meinen Pass, während sie fragten, wie unsere Pläne in England aussahen. Wir erklärten ihnen, dass wir freie

Männer wären – Kinder Gottes. Wir hatten weder Pläne, Reiseroute noch Geld. Wir legten ihnen dar, dass wir einzig und allein der Führung Gottes folgten.

Sie zeigten volles Verständnis für unsere Situation und baten uns, in einem kleinen Raum am anderen Ende der Halle zu warten. Als sie die Türe hinter uns abschlossen, gingen wir davon aus, dass Gott seine Pläne für uns geändert haben musste. Innerhalb kürzester Zeit wurden wir an Bord einer *Pan-Am*-Maschine gebracht, die uns auf Kosten der britischen Regierung non-stop zurück nach New York verfrachtete. Gil dagegen gelang es, mehrere Tage in England zu verbringen. Als er nach Philadelphia zurückkehrte, wurde er von Sara begleitet, einer jungen Engländerin, die aus der gleichen zwielichtigen Ecke stammte wie wir selbst.

Wir hatten unsere eigene Definition, was „Loslassen" bedeutete. In unserer Vorstellung war es äußerst unnatürlich für einen Mann, eine Krawatte zu tragen. Ein Anzug kam überhaupt nicht in Frage. Derartige Prinzipien wurden zu unverrückbaren Lebensmustern.

Als meine Schwägerin uns zu ihrer *traditionellen* Hochzeit einlud, wussten wir zunächst nicht, was wir tun sollten. Was sollte ich anziehen? Yonit fand die perfekte Lösung. Sie nähte mir einen Kaftan aus einem alten weißen Bettüberwurf ihres Großvaters. Für mich wurde diese Hochzeit zu einer Übung im Loslassen – ich musste die Überzeugung loslassen, dass doch alle Gäste eigentlich die schöne Braut anstarren müssten statt mich. Und ich durfte nicht darauf achten, dass mein 1,80 Meter großer und 150 Kilo schwerer Schwiegervater mich am liebsten erwürgt hätte, bevor er mich hinauswarf.

Aussteiger

Es dauerte nicht lange, ehe wir feststellten, dass es außer uns fünf niemanden in Philadelphia gab, der ein wirkliches Interesse daran hatte, Gott zu finden. Gil beschloss, dass es für uns an der Zeit war, aufzubrechen. Wir waren so voller Erwartung, dass es uns nichts bedeutete, unsere Wohnung zu verlassen, die noch voller Gerätschaften, Kleider und Möbel war. Wir boten unseren Besitz jedem an, der sich die Mühe machen wollte, ihn aus dem Haus zu holen. Wir erklärten den Menschen auf der Straße, dass wir Gott suchen und niemals zurückkehren würden. Es war erst ein Jahr her, seit Yonit und ich New York verlassen hatten, um uns auf den Weg nach Indien zu machen. Obwohl uns noch Tausende von Kilometern von Indien trennten, waren wir bereits Welten von unseren New Yorker Anfängen entfernt.

Wir packten einen Satz Kleider zum Wechseln, eine kupferne Bratpfanne von 40 Zentimetern Durchmesser, einen 20-Liter-Kanister Wasser, ein paar hundert Dollar und eine Gitarre in den grünen VW-Bus. Die Begeisterung dieser Tage versetzte uns in einen Taumel, der versprach, jeden Drogenrausch in den Schatten zu stellen, und der uns, wie wir hofften, ein dauerhaftes *High* bescheren sollte.

Gil war unser „Indien". Er war unberechenbar, frei von allen Zwängen unserer sterilen Gesellschaft, und er hatte eine klare Vorstellung vom Weg zur Wahrheit. Er war uns ein älterer, weiser Bruder, der an der Schwelle zur endgültigen Realität stand. Ich war mehr als nur ein Mitläufer. Ich wollte ihm nahe sein. Seine Selbstsicherheit war mein Schutz. Seine Worte und Blicke wurden zur Nahrung für meine Seele. Wenn er lächelte, war alles in Ordnung. Wenn er seinen Blick abwandte, lief irgendetwas schief. Ich war schon längst nicht mehr der aufstrebende Jungmanager, der alles im Griff und auf jede Frage eine Antwort hatte.

Meine Identität war gründlich durch den Fleischwolf gedreht worden. Jetzt gab es kein Halten und kein Zurück mehr. In unserer Ehe war ebenfalls eine Veränderung eingetreten. Wir klammerten uns auf unserem rasenden Flug durch Raum und Zeit nicht mehr aneinander. Festhalten war nicht länger erlaubt. Wir ließen die „Paarbindung" los. Eine Paarbindung – oder „Ehe", wie wir es früher genannt hatten, stellte lediglich einen weiteren Versuch der Gesellschaft dar, künstliche Verbindungen zu schaffen, um den Schwachen ein Versteck zu bieten. Wer sich wahrhaft dem „Loslassen" verschrieben hatte, brauchte nicht zu wissen, was als Nächstes auf ihn zukommen würde. Er befand sich voll und ganz im Einklang mit dem Fluss des Lebens. Es war nicht einfach, zu dieser Einstellung zu gelangen, aber ich wurde von der Hoffnung auf die große Freisetzung getrieben. Ich wusste, dass es eine Kontrollinstanz geben musste, eine Intelligenz, die das Universum kontrollierte, ohne jemals fassen zu können, was es war. Auf jeden Fall bestand die einzige Möglichkeit, Frieden zu finden, darin, eine Verbindung mit ihr einzugehen.

Die Aprilsonne erwärmte bereits die Luft, als der grüne Bus Kurs auf die Realität nahm. Wir waren Pioniere in einem spirituellen Raumschiff, das uns in die unerforschten Regionen des inneren Raumes katapultierte. Jede Zelle meines Körpers platzte beinahe vor Begeisterung. Jeder Atemzug war eine ekstatische Erfahrung. Die Farben um mich herum erstrahlten in einem unfassbaren Glanz. Wir lebten! Es war wirklich wahr! Gestern und alles, was wir bis dahin als Leben und Wahrheit gekannt hatten, war wirklich vergangen. Es gab nur noch das Hier und Jetzt.

Der grüne Zauberbus

Der grüne Schrotthaufen, der unsere vergänglichen Leiber transportierte, war wie ein geschlossener fliegender Teppich. Die Empore hinter dem Fahrersitz war von einer fünf Zentimeter dicken Schaumstoffmatratze und einem Teppich bedeckt. An der Decke und den Wänden waren indische Bettüberwürfe aufgehängt. Inmitten dieses fahrbaren Wohnzimmers saß ein zum Äußersten entschlossener Mann mit übergeschlagenen Beinen. Ich war voller Hoffnung und Erwartung, während mich gleichzeitig das Wissen trieb, dass die ganze Welt in tiefem Schlummer gefangen war und einen greifbaren *Technicolor*-Traum mit Geräuschen und Gerüchen verfolgte, wobei sie lediglich *meinte*, wach zu sein. Diese Erkenntnis war so überwältigend und die Notwendigkeit zu erwachen so drängend, dass wir davon ausgingen, wenn der Tod der einzige Ausweg war, dann lasst uns sterben und diesen ganzen Unsinn hinter uns lassen. Oft schien es mir, als sei der ganze Planet Erde nichts weiter als ein riesiger Bahnhof. Unsere Zeit hier würde enden, sobald der Zug kam. Immer wieder hätte ich am liebsten gerufen: „Das ist nicht alles! Das hier ist nur der Bahnhof! Hört endlich auf, euer Leben am Bahnhof zu verbringen! Packt eure Koffer! Der Zug kommt schneller, als ihr denkt! Macht euch bereit!" Gil, Ken, Sara, Yonit und ich machten uns vom Bahnhof aus auf den Weg, um den Zug anzuhalten.

Gil war der einzige von uns, der Erfahrung damit hatte, sich von der Natur zu ernähren. Die Übrigen von uns waren Großstadtkinder. So kam es, dass wir sowohl in praktischer als auch in geistlicher Hinsicht auf Gil angewiesen waren. Er war für uns so etwas wie ein Führer auf unserer Abenteuerreise durch die Wildnis. Was sollen wir essen? Wie sollen wir kochen? Was sollen wir tun, wenn unser Geld aufgebraucht ist? Wo werden wir schlafen? Wir hätten die Liste von möglichen Fragen endlos fortsetzen können. Aber unsere tiefste Überzeugung brachte sie alle zum Schweigen: Was auch geschehen würde, würde geschehen. Die ganze Reise war unvermeidbar. Wir hatten keine andere Wahl. Und Gott, wer auch immer er sein mochte, war auf jeden Fall mit uns. *Wir hatten nichts, daher hatten wir auch nichts zu verlieren.*

Da wir den Winter eben erst hinter uns gebracht hatten, bestimmte das warme Wetter im Süden unsere Fahrtroute. Unser Tagesablauf war sehr einfach. Wir blieben so lange auf der Straße, bis das Tageslicht allmählich den langen Schatten wich. Dann suchten wir uns einen geeigneten Flecken, um weit weg von aller Zivilisation unser Lager aufzuschlagen.

Die Hauptursache, weshalb wir Philadelphia verlassen hatten, bestand darin, dass es uns unmöglich war, die geistlichen Sphären zu erreichen, die wir anstrebten, solange wir mitten in der beständigen Negativität der „Schläfer" um uns herum lebten. Aber wir liefen nicht nur einfach so davon. Wir hatten versucht, die anderen aufzuwecken, aber sie zogen uns lediglich immer wieder in ihre Illusion zurück. Dennoch taten wir alles, was in unserer Macht stand, um ihnen zu helfen. Wir stürmten ihre Häuser, nahmen ihre Kleider, wir befreiten sie von den verschiedensten hinderlichen Besitztümern und zerstörten bisweilen sogar ihre Ehen. Aber sie bestanden darauf, an ihren Krücken festzuhalten.

Endlich frei!

Unser erster Lagerplatz entpuppte sich als ein verlassener Bahnhof, der so aussah, als hätte er seit den Tagen des Wilden Westens keinen Zug mehr gesehen. Aber überall trafen wir auf Hinweise, dass sich hier regelmäßig Reisende aufhielten – die kalte Asche alter Lagerfeuer, weggeworfene Kleidungsstücke, leere Wein- und Bierflaschen, leere, rostige Dosen, deren Deckel ins Nichts zeigten. Der Boden war derart von Glasscherben übersät, dass wir uns noch nicht einmal hinsetzen konnten. Zum Abendessen gab es Reis, Gemüse und Popcorn mit Honig. Nach dem Essen saßen wir um das Feuer herum und lauschten auf Gils Geschichten, die er über Indien, Sai Baba und den Weg erzählte, wie wir Gott finden konnten. Ich war so müde ... der Morgen kam, ehe ich wusste, dass ich eingeschlafen war.

Die Tatsache, dass wir mitten im Müll auf der Straße schliefen, die uns in die Ewigkeit führen sollte, stellte einen ungewöhnlichen Anfang für eine Reise mit derart hehren Zielen dar. Aber wir hatten ohnehin keine Ahnung, was uns noch erwarten würde. Es war real, und das war uns genug.

Nach dem Frühstück rollten wir unsere Schlafsäcke zusammen, richteten den grünen Bus nach Süden aus und bereiteten uns auf unser nächstes Abenteuer vor. Es lag eine beständige Spannung in der Luft. Wir lebten in einem kontinuierlichen Erwartungszustand. Wir waren nicht für die schnellen Highways geschaffen. Die meiste Zeit waren wir auf kleinen Landstraßen, Feldwegen, Nebenstraßen oder gar keinen Straßen unterwegs. Da wir kein bestimmtes Ziel hatten, hatten wir es auch nicht besonders eilig. Wir waren auf der Suche nach einem inneren Ort.

Der nächste Morgen traf uns in einem typischen amerikanischen Provinznest im Hinterland des mittleren Westens an. Die Hauptstraße erstreckte sich über ganze zwei Blocks und befand sich oben auf einer Hügelkuppe mitten auf einer Kuhweide. Die „Stadt" bestand aus einer Ampel, einer Querstraße, einer Gemischtwarenhandlung und einigen zweistöckigen, weißen Schindelhäusern. Gil brachte den Bus vor der Gemischtwarenhandlung zum Stehen und entschied, dass wir ein Chapatti-Eisen brauchten. Er betrat den Laden. Ein paar Minuten später kam er mit breitem Grinsen zurück und brachte eine schwarze, gusseiserne Bratpfanne mit, in der wir unsere indischen Fladen backen würden, und einen Topf, um unseren „Trank" zuzubereiten.

Die Familie, wie wir uns nannten, war vollständig. Wir brauchten nichts weiter. Je mehr wir losließen, desto glücklicher waren wir. Je kleiner unser Anteil an der materiellen Welt wurde, desto größer sollte unsere Aufnahmebereitschaft für Gott sein. Wir waren frei und ungebunden. Da wir nicht länger an irgendwelche gesellschaftliche Normen gebunden waren, war alles möglich. Die ganze Welt war eine Bühne. Das Leben war ein Theaterstück. Wir nannten es sogar den „Film". Wir saßen irgendwo hinter unseren Augen und sahen als unbeteiligte Zuschauer zu, wie die materielle Welt vor uns ablief.

Da wir vollkommen „frei" lebten, waren wir für unsere Waschgelegenheiten auf Bäche und Teiche angewiesen. In der Nähe von Lynchburg, Virginia, bot sich uns wieder einmal eine solche Gelegenheit. Lynchburg war ein kleines Südstaaten-Nest, in dem es weder Hippies noch Juden gab. Wir fanden einen wunderschönen kleinen, von hohen Bäumen umgebenen Teich in unmittelbarer Nähe der Hauptstraße. Wir parkten den Bus neben einem Auto am Teichufer, in dem ein Mann und eine Frau saßen. Gil und Ken schwangen sich aus dem Bus und schlenderten zu dem anderen Auto hinüber. „Wir würden wirklich gerne schwimmen gehen", sagte Gil, „aber wir haben keine Badehosen." Der Mann grunzte etwas, das wie eine Zustimmung klang, und so streiften Gil und Ken ihre Overalls ab.

Sobald ihre unbekleideten Hinterteile zum Vorschein kamen, sprang der Mann hinter dem Steuerrad hervor und fing an zu schreien, so etwas könnten sie doch nicht tun, verrückte Hippies und noch dies und das. Da wir erkannten, dass die Menschen hier nicht so frei waren wie wir, erschien es uns geraten, uns das Schwimmen für diesmal aus dem Kopf zu schlagen und zu verschwinden. Wir machten uns keine weiteren Gedanken über den Vorfall und schlugen den kürzesten Weg aus der Stadt hinaus ein. Nach etwa 15 Minuten erblickten wir in unserem Rückspiegel ein Polizeiauto mit Blaulicht und heulender Sirene. Die junge Dame im Auto am Teich war die Tochter des Stadtrichters gewesen.

Das Gericht war ein makelloses, weißes Gebäude, umgeben von einem sorgfältig gepflegten Rasen. Der Sheriff ging unruhig auf dem Fußweg auf und ab, wobei er immer wieder Worte murmelte, die klangen wie „empörend", „schamlos", „amoralische Freaks" und Ähnliches. Einen Moment lang hatte es den Anschein, als würde er uns alle ins Gefängnis stecken, und im Nächsten schien er damit zufrieden zu sein, uns mit Schimpf und Schande aus der Stadt zu jagen. In diesem Augenblick rief Gil dem Sheriff ein „unbedeutendes Schimpfwort" zu, worauf dieser nur noch entgegnete: „Sperrt sie ein!" Da Gil und Ken diejenigen gewesen waren, die man mit heruntergelassenen Hosen erwischt hatte, kamen wir anderen nicht in den Genuss einer Nacht im Gefängnis.

Am folgenden Morgen trafen wir uns alle im Gericht zur Anhörung. Sauber und gewaschen standen Gil und Ken vor ihrem Richter. Der Auftritt vor Gericht war nur von kurzer Dauer. Der Richter sah Gil an, sie wechselten einige Worte, und dann ließ sich der Richter, der ganz offensichtlich von Gils Charisma eingenommen war, dazu bewegen, uns auf unser nächstes Abenteuer zu senden.

Angesichts der Tatsache, dass unsere Reise ohnehin eher eine innere als eine äußere war, erschien uns ein Ort ebenso gut wie der andere. Vier Uhr nachmittags in North Carolina war genau so wie überall sonst. Wir bogen auf einen Feldweg ein, um uns einen Lagerplatz zu suchen, aber der Weg endete in einer Sackgasse. Als wir gewendet hatten, um wieder zurück zu fahren, sahen wir, dass die Einfahrt des Feldweges von einem Auto blockiert war. Wir hatten das untrügliche Gefühl, dass sich etwas Ungutes zusammenbraute, daher näherten wir uns der Ausfahrt nur sehr langsam.

Inzwischen hatten sich mehrere Fahrzeuge am Ende der Straße versammelt. Die ganze Szene mutete äußerst chaotisch an. Eine Frau spielte unentwegt mit einem Stein, den sie immer wieder in die Luft warf. Ein anderer

Mann hatte ein Gewehr auf uns gerichtet und befahl uns, den Bus zu verlassen. Die Tochter der Frau mit dem Stein war von einigen Leuten in einem grünen Bus entführt worden, als sie zu Fuß die Straße entlang ging. Kurze Zeit später war sie unverletzt freigelassen worden. Der „Film" hatte eine neue Wendung genommen.

Das Mädchen wurde zu uns herüber gebracht, um in der direkten Gegenüberstellung zu identifizieren, ob wir die Schuldigen waren. Obwohl wir nichts mit der Sache zu tun gehabt hatten, wussten wir, dass sie durchaus in der Lage war, das zu behaupten; dann würden wir Gott früher begegnen, als wir es erwartet hatten. Aber zum Glück blieb sie bei der Wahrheit und wir konnten unseren Weg fortsetzen. Der Mann mit dem Gewehr war jedoch so enttäuscht über den Ausgang dieser Episode, dass wir zu unserem eigenen Schutz von einer Polizei-Eskorte aus der Gegend geleitet wurden

Unsere Suche wurde immer verzweifelter, da wir mehr und mehr erkannten, dass wir einfach nicht in diese Welt hineinpassten.

Tag um Tag waren wir von morgens bis abends unterwegs und suchten nach Zeichen von Gott, die unserer Reise eine Richtung geben sollten. Unsere Zeichen waren natürlich nicht die normalen Straßenschilder. Umgestürzte Bäume, Steinhaufen, Vogelschwärme oder Muskelzucken konnten immer einen Hinweis darauf beinhalten, ob wir rechts oder links fahren sollten.

Gil, wie ich ihn noch nie gesehen hatte

Der Tag war schon beinahe vorüber, und das satte Frühlingsgrün erstrahlte im goldenen Licht des Spätnachmittags. Der Bus rollte in die Einfahrt einer kleinen Ranch irgendwo mitten in Arkansas. Gil stieg aus und ging auf das Gebäude zu, das einige Meter von dem Schotterweg zurückgesetzt war. Vielleicht würden uns ja die Bewohner den Weg zu einem Ort weisen, an dem wir unser Lager für die Nacht aufschlagen konnten. Wir anderen vier blieben im Bus sitzen und warteten. Als Gil wieder aus dem Haus trat, war er in Begleitung eines älteren Herrn, der aussah wie ein Landedelmann. Er meinte nur: „Willkommen zu Hause." Der Colonel (wie er genannt wurde) war scheinbar neugierig auf diese ungewöhnliche „Pilgergruppe" und lud uns ein, unser Lager auf seinem Rasen aufzuschlagen. Wir genossen es, endlich wieder einmal mehrere Tage am gleichen Ort zu verbringen. Wir hielten uns meistens draußen auf, aber wir durften die Toilette und Dusche im Haus benutzen.

Gil hatte die Gelegenheit, dem Colonel unser „Evangelium des Loslassens" zu „predigen". Anfänglich schien dieser auch sehr daran interessiert zu sein und fing an, Gil mit „Jesus Christus" anzureden. Wir fanden schon bald heraus, dass der Colonel und seine Frau ebenfalls keine gewöhnlichen Leute waren. Im Inneren des Hauses war es sehr dunkel, und in allen Zimmern hing ein dumpfer Geruch. Sämtliche Räume waren überladen mit Andenken und Überbleibseln aus dem Bürgerkrieg. Beim Essen saß sich das alte Ehepaar an den entgegengesetzten Enden einer langen Tafel gegenüber und fütterte seine Hunde mit verbranntem Toast vom Ende einer Fliegenklatsche aus Plastik. Das stellte für uns alle eine neue Erfahrung dar. Aber der Reiz des Neuen ließ bald wieder nach und es wurde Zeit, uns nach dem nächsten Zeichen umzusehen.

Während unserer Zeit im Haus des Colonels geschah etwas sehr Unerwartetes. Bis zu diesem Zeitpunkt war Gil immer warm, freundlich und voller Lachen gewesen. Aber eines Tages, als wir übrigen von einem Ausflug in die nahegelegene Stadt zurückkehrten, erwartete uns ein ganz anderer Gil. Sein Haar war oben auf dem Kopf in einem Knoten zusammengebunden und sein gestreifter Overall war einem *dhoti* gewichen (ein einfaches Stück Stoff, wie man es in Indien trägt, das mehrmals um die Hüften geschlungen und oben umgeschlagen wird). Am eindrücklichsten hatte sich aber sein Gesicht verändert. Seine Augen waren starr, die Lippen entschlossen aufeinander gepresst. Eine seltsam drückende Strenge umgab ihn wie eine Wolke.

Nun verstanden wir, weshalb er nie gerne unter Menschen war. Sie brachten ihn dazu, aus sich heraus zu gehen und sich auf Beziehungen einzulassen, während doch sein größtes Bedürfnis darin bestand, tief in sein Innerstes zu versinken, um dort den verborgenen Weg zur ewigen Seligkeit zu finden. Wir waren dazu da, ihm zu dienen, indem wir ihn versorgten und ihm dabei halfen, von sich selbst frei zu werden. Dabei hofften wir stets, etwas von den Krumen seiner Erkenntnis abzubekommen. Gils Verwandlung war ein Schock und äußerst beunruhigend für uns. Aber wir waren inzwischen zu tief in dem Ganzen verstrickt, um noch auszubrechen. Wir würden niemals zurückkehren können. Zum ersten Mal empfand ich Furcht. Nachdem wir in Philadelphia zusammen gewesen waren, hatte ich gedacht, Gil zu kennen. Aber hier stand jemand vor mir, den ich noch nie in meinem Leben gesehen hatte. Von diesem Augenblick an hatte das Motto unserer Reise einen neuen Klang bekommen. Es lautete nun: „Lass los, *sonst* …"

Seine Intoleranz für jede Form von Negativität nahm immer mehr zu. Fragen, Zweifel, Ängste und der Anschein von Unsicherheit machten ihn wütend. Dabei stellte sich heraus, dass ich derjenige mit den meisten der eben aufgeführten Eigenschaften war. Ich wurde zum Sündenbock und war grundsätzlich an allem schuld, was schief lief. So war es meine Haltung, die alle anderen davon abhielt, zu einer größeren Einheit mit Gott zu gelangen. Ich wurde nicht nur ständig mit Worten an meine Verfehlungen erinnert, sondern nach und nach gehörten auch leichte Schläge zu den regelmäßigen Maßnahmen, die mich aus meinem Zustand wachrütteln sollten. Da mein einziges Verlangen darin bestand, meine Selbstsucht und meinen egoistischen Stolz loszuwerden, akzeptierte ich diese raue Behandlung als das Gegenmittel, das ich gerade brauchte, und ließ immer weiter „los".

Gils Wissen war umfassend und erstaunlich. Seine praktische Weisheit entsprach durchaus den geistlichen Erkenntnissen, die uns zunächst an ihm fasziniert hatten. Wenn er etwas nicht aus eigener Erfahrung gelernt hatte, schien er außerdem die Fähigkeit zu besitzen, es einfach so herauszufinden.

Einmal hatten wir unser Lager am Ufer des Rio Grande in Texas aufgeschlagen, als Gil uns einige recht große Steine zusammentragen ließ, die wir mitten in unser loderndes Lagerfeuer legten. Während sich die Steine im Feuer erhitzten, bauten wir einen Rahmen für ein Rundzelt, indem wir junge Weiden bogen und oben zusammenbanden. Das Ganze hatte etwa zwei Meter Durchmesser und wir hängten den Rahmen vollständig mit alten Decken zu. Im Inneren dieses Zeltes gruben wir eine Höhlung für die Steine. Dann krochen wir alle hinein und besprengten die heißen Steine mit nassen Salbeibüscheln. Als der Dampf und die Hitze unerträglich wurden, flohen wir aus dieser Sauna und sprangen in das eisige Wasser des Flusses.

Wir sahen Amerika – von den verlassenen Waldgebieten bis zu den Kuhdörfern, von den Wüsten bis zu den Wäldern, von den Flüssen bis zu den Bergen und Canyons. Wir sahen etwas von Amerika! Aber ich war dabei auf der Suche nach dem Sinn des Lebens so tief in mir selbst versunken, dass ich kaum in der Lage war, die überwältigende Schönheit um uns herum wahrzunehmen. Ich befand mich mitten im vollständigen Zusammenbruch meiner Persönlichkeit. Die Kanäle meines Verstandes waren umgeleitet worden. Alle meine Bezugspunkte waren verschwunden. Innerhalb zweier kurzer Jahre war ich von einem intelligenten, zielbewussten Menschen voller Selbstvertrauen zu einem winselnden, verwirrten Kind geworden, das beständig in der lähmenden Furcht lebte, etwas falsch zu machen.

Ich hatte keine andere Wahl als weiterzumachen. Ich musste die Wahrheit finden. Es war ganz egal, welchen Preis ich dafür zu zahlen hatte. Es gab einen Gott, und eines Tages würde ich Ihn sehen. Dann wäre meine Suche zu ihrem Ende gekommen. Bis dahin würde der grüne Bus weiterhin jeden Ort verlassen, an dem Er nicht war.

Nomaden unterwegs

Wir fuhren und fuhren und fuhren. Meistens blieben wir nur eine Nacht am selben Ort. Innerhalb von fünf Monaten bewältigte unser VW-Bus 24.000 Kilometer auf den engen Seitenstraßen Amerikas.

Nacht für Nacht schliefen wir unter den Sternen. Die unendliche Weite des klaren Nachthimmels stand in krassem Gegensatz zu dem, was ich erlebte, wenn ich in mein Inneres blickte. Aber am Endes jeden Tages und nach einem weiteren gescheiterten Versuch, die große Freisetzung zu erlangen, rief mir der Himmel, der sich über mir wölbte, doch wieder zu: „Da gibt es etwas, es ist da draußen. Mach weiter. Gib nicht auf!"

Unsere Nahrung bestand aus Reis, Gemüse, Fladenbrot, Popcorn, Haferflocken und Zitronensaft mit Wasser und Honig zum Trinken. Wir aßen weder Fleisch noch irgendetwas, das Chemikalien enthielt. Wir besorgten uns unsere Nahrung auf ungewöhnliche Weise. Als wir Philadelphia verließen, nannten wir ein paar hundert Dollar unser Eigentum. Das Geld wurde hauptsächlich für Benzin, Reis und Mehl verwendet. Unser Obst und Gemüse erhielten wir *umsonst*. Normalerweise gingen wir in einen Lebensmittelladen und fragten nach zerdrücktem Gemüse oder fleckigem Obst, das sonst weggeworfen wurde. Im Allgemeinen hatten wir mit dieser Methode recht guten Erfolg, auch wenn sich unser Speiseplan auf diese Weise unserer Kontrolle entzog.

Einmal erhielten wir kistenweise Honigmelonen. Uns kam es vor, als hätten wir den größten Teil der Woche nichts anderes als Honigmelonen gegessen. Wir aßen so viele Honigmelonen, dass – als endlich alle aufgegessen waren – das, was wir wieder von uns gaben, ganz ähnlich aussah wie das, was wir zu uns genommen hatten.

Bisweilen griffen wir auch zu der Notlösung, in die großen Container hinter den Lebensmittelmärkten zu klettern, wenn wir nichts anderes bekommen konnten. Können Sie sich vorstellen, im Jahr 1972 mit dem Auto in Amerika unterwegs zu sein, und plötzlich begegnen Sie einem Mann mit langem Bart und auf dem Kopf zusammengeknoteten

Haaren, der in einen indischen Bettüberwurf gehüllt ist und gerade aus einem Müllcontainer klettert? Nur gut, dass meiner Mutter dieser Anblick erspart geblieben ist.

Der grüne Bus war bereits ein Abenteuer an sich. Er fuhr nicht schneller als 60 Stundenkilometer und schaffte es keine steilen Hügel hinauf. Jedes Mal, wenn wir zu einem solchen Anstieg kamen, warteten Yonit, Ken, Sara und ich im oberen Abschnitt. Gil nahm Anlauf, raste so weit wie möglich den Hügel hinauf, und wir klemmten uns dann hinter den Bus und schoben ihn die restliche Strecke.

Irgendwann auf unserer Reise gab der Anlasser den Geist auf. Wir mussten also entweder im zweiten Gang den Berg hinunter rollen und die Kupplung kommen lassen oder unter den Bus kriechen und ihn mit einem Schraubenzieher kurzschließen. Sie können raten, wer die meiste Zeit unter dem Bus verbrachte. Einmal stellte sich bei einem solchen manuellen Startversuch heraus, dass die Handbremse nicht fest genug angezogen war, und der Bus drohte mich zu überrollen. Ich konnte gerade noch rechtzeitig hervorkriechen, indem ich aus meiner Jacke schlüpfte, die bereits unter dem Rad eingeklemmt war.

Wir bleiben

Es waren nicht nur die Engländer, die es vorzogen, dass wir ihr Land nicht besuchten. Die Kanadier ebenso. Können Sie sich vorstellen, wie das ist, wenn einem als Amerikaner die Einreise nach *Kanada* verwehrt wird?! Die Vorgeschichte dazu begann an Yonits Geburtstag gegen Ende Juni.

Wir hatten zwei Wochen lang im Nationalpark in der Nähe von Helena, Montana, gecampt. Das war die einzige Gelegenheit, bei der wir so lange am gleichen Ort blieben. Am 30. Juni sprang Gil irgendwann im Laufe des Nachmittags ohne jede Vorwarnung in den Bus und fuhr davon. Er ließ uns ohne jedes Geld in den Wäldern von Montana zurück. Wir waren zwar ziemlich geschockt, aber doch nicht ganz überrascht. Wir hatten so etwas eigentlich seit geraumer Zeit befürchtet. Jeden Morgen rief er zu irgendeinem Zeitpunkt, wenn ihn der Drang dazu überfiel: „Der grüne Bus fährt ab!" Wer dann nicht bereit war, würde zurückgelassen werden. Wir sagten uns immer wieder, dass das alles nicht so wichtig wäre. Schließlich war das Ganze sowieso nur ein Film.

Aber dieses Mal hörten wir, wie die Reifen die Straße entlang rollten, ohne dass ein Wort gefallen wäre. Ken und ich sprangen auf, um dem Bus nachzusetzen. Ken griff nach der Vordertüre und schwang sich auf den Beifahrersitz, wie John Wayne auf sein galoppierendes Pferd aufspringen würde. Ich erwischte lediglich eine der beiden hinteren Türen, die wild hin und her schlugen. Aber da der Bus mit Höchstgeschwindigkeit auf dem unebenen Waldweg entlang rumpelte, gelang es mir nicht, hineinzuklettern. Letzten Endes wurde ich dann doch abgeworfen, während Gil und Ken den Wald verließen.

Sara, Yonit und ich waren wie vor den Kopf geschlagen. Wir waren zurückgelassen worden.

Im Angesicht solcher Umstände war das einzig Vernünftige, was uns blieb, erst einmal zu essen. Beinahe als wäre nichts geschehen, verfielen wir in unsere normale Routine, Holz zu sammeln, ein Feuer anzuzünden, den Teig zu kneten, das Gemüse vorzubereiten und Essen zu kochen. Als wir gerade mit unserer Mahlzeit begonnen hatten, kehrte der grüne Bus zurück. Ein wutschnaubender Gil stürzte hervor. Wir hatten es gewagt, ohne ihn zu essen. Natürlich war es meine Schuld, und ein kräftiger Schlag über den Kopf war da durchaus in Ordnung.

Gil hatte lediglich beschlossen, in die Stadt zu fahren, um im Reformhaus einen Leckerbissen für uns zu besorgen. Aber aus irgendeinem unbekannten Grund hatte er sich unterwegs entschieden, nicht mehr zu sprechen. Die „heiligen Männer" in Indien bezeichnen das als „in die Stille gehen". Es ist eine Zeit, in der sie ihre „verbale Energie zurückhalten". Von diesem Zeitpunkt an beschränkte sich Gils Kommunikation auf Zeichensprache, die Ken für uns auslegte. Sie entwickelten untereinander zusätzlich ihre eigenen Zeichen, die niemand sonst verstand. Für Ken war es eine große Ehre, Gils Sprachrohr zu sein. Gils Geduld gegenüber Dingen, die seinen Fluss störten, war nicht gering … sie war nichtexistent. Daher zogen Kens gelegentliche Patzer für gewöhnlich Gils Handabdruck irgendwo auf seinem Kopf nach sich.

Das bringt uns zurück zur kanadischen Grenze, wenn Sie sich noch daran erinnern. Der Grenzbeamte stellte uns einige Routinefragen, wie sie bei einem Grenzübergang üblich sind. Aber Gil war „in der Stille". Da der Grenzbeamte Schwierigkeiten hatte, die tiefe, geistliche Bedeutung der Situation zu erfassen, entschied er, solange Gil nicht bereit war zu reden, würden wir nicht nach Kanada einreisen.

Ein verrücktes Rennen

So setzten wir unseren Weg fort,
Meile um Meile,
von Container zu Container,
von Hauptstraße zu steinigen Feldwegen,
auf unserer Suche nach Gott.

Wenn man unseren Hunger bedenkt, die Majestät der Schöpfung zu berühren, kamen wir im *Redwood Forest* in Kalifornien voll auf unsere Kosten. Das war nun wirklich groß und hoch und gewaltig! Aber unser Weg führte uns auf eine steil abfallende Bergstraße, die uns der Ewigkeit näher brachte, als wir vorher angenommen hatten. Gil hatte nämlich den Fahrersitz aus dem Bus ausgebaut und durch einen Sessel ersetzt. Auf diese Weise saß er tiefer und weiter zurückgelehnt als sonst und konnte gerade so noch über das Armaturenbrett sehen. Das Ganze sah ziemlich cool aus.

Die Straße war eng, kurvenreich und bisweilen von steilen Klippen begleitet, die ins Bodenlose abzustürzen schienen. Wir hatten die ganze Zeit über behauptet, die materielle Welt sei lediglich eine Illusion und wir würden das *Echte* erst in dem Augenblick erleben, in dem wir diese Welt verließen. Nun sollte die Stärke unseres Glaubens auf die Probe gestellt werden.

Da es bergab ging, überschritt der grüne Bus die 60 km/h-Grenze ohne Schwierigkeit. Es hatte den Anschein, als würde Gil nie die Bremsen einsetzen. Unsere Reifen waren bisweilen nur wenige Zentimeter vom Abgrund entfernt. Yonit kreischte auf der gesamten Talfahrt. Ohne auch nur ein einziges Wort zu verlieren, schrie Gils ganzes Sein: „Lass los … lass los … lass los!"

Ich erinnerte mich, dass mein Cousin Jeff, der früher einmal in New Mexico Yoga unterrichtet hatte, in der Nähe von San Francisco lebte. Wir riefen ihn an und erwarteten, in ihm einen Gleichgesinnten anzutreffen. Aber statt dessen fanden wir heraus, dass er zum Glauben an Jesus gefunden hatte. Wie konnte ein Jude an Jesus glauben? Jeff sollte am folgenden Tag getauft werden. Er lud uns dazu ein. Ein Wahnsinnstrip. Ein jüdischer Yoga-Lehrer wendet sich dem Gott der Heiden zu. Das versprach, eine einzigartige Erfahrung zu werden.

Wir waren bereits früher einigen dieser so genannten „wiedergeborenen" Gläubigen begegnet. Im Grunde genommen taten sie uns sogar Leid. Sie waren doch tatsächlich davon überzeugt, Gott auf irgendeine Weise in ihrem Inneren aufgenommen zu haben. Sie verstanden einfach nicht, dass Gott bereits überall in allem war und dass wir einfach nur sein Wesen in jedem Einzelnen von uns entdecken mussten.

Die Taufe fand in einem privaten Swimmingpool bei irgendjemandem im Garten statt. Ich hatte wirklich keine Ahnung, was das alles bedeutete, aber meine Reaktion auf das Ritual war ganz ähnlich wie die bei unserer Begegnung mit den Christen, die wir unterwegs kennen gelernt hatten. Jesus hatte eine ganze Menge guter Dinge zu sagen gehabt. Und obwohl sie einer schweren Täuschung unterlagen, waren die Menschen eigentlich sehr nett. Solange sie sich an das hielten, was Jesus gelehrt hatte, würden sie ganz gut über die Runden kommen.

Die Kommune

Mein Cousin Jeff erzählte uns von einer Kommune in den Bergen von Santa Cruz, wo wir unser Lager aufschlagen konnten. Man nannte es *Das Land* und es bestand aus 320 Hektar sanfter Hügel und Wiesen. Am Fuße eines großen Baumes entsprang eine unterirdische Quelle. Der Grundbesitzer hatte eine ganze Menge Geld in der Videoindustrie verdient. Bereits einige Jahre zuvor hatte er einer Gruppe von Wehrdienstverweigerern erlaubt, das Gelände in Besitz zu nehmen und dort einen alternativen Lebensstil zu beginnen.

An der Auffahrt zum „Land" befand sich eine kleine Gruppe von Gebäuden, die über sanitäre Anlagen und Elektrizität verfügten. Auf der übrigen Fläche des Landes verteilt gab es die unterschiedlichsten und abenteuerlichsten Behausungen, die sich in den Schatten der großen Bäume zu drücken schienen. Es gab Zelte, Blockhütten, Tipis, A-förmige Holzkonstruktionen und sogar eine Leichtbauhalle. Alles musste gut verborgen sein, weil keine der Bauten genehmigt war und die ganze Kommune eingeebnet werden würde, falls man sie entdecken sollte. Im Zentrum des Geschehens befand sich der „Küchen-Schuppen" – eine Gemeinschaftsküche mit fließendem Wasser und einem Propangas-Herd. Es ging dort ziemlich locker zu.

Einige Leute arbeiteten.
Andere nicht.

Einige nahmen Drogen.
Andere nicht.

Einige trugen Kleidung.
Andere nicht.

Wir suchten uns eine Lichtung in einer Walnusspflanzung auf einer Hügelkuppe aus, mitten in einer Kuhweide, und dort schlugen wir unser Lager auf. Wir hatten uns kaum dort niedergelassen, als unser Bus liegen blieb. Zwei Wochen später war der Bus wieder fahrbereit und wir zogen weiter nach Süden zu einem *Sai-Baba-Ashram* (einem geistlichen Zentrum) in der mexikanischen Grenzstadt Tecate … alle außer Yonit. Es hatte sich herausgestellt, dass sie uns bereits seit einigen Wochen verlassen wollte. Während der Zeit, in der wir in der Kommune festsaßen, hatte Yonit einige neue Beziehungen geknüpft und endlich den Mut gefunden, aus dem Bus auszusteigen. Es war schwer für mich, mit anzusehen, wie meine Frau mit unserer Gruppe brach. Aber da wir ohnehin nichts von Paarbindungen hielten, zog ich meines Weges.

Die Truppe bricht auseinander

Das Ashram war wirklicher Luxus für uns. Duschen und Toiletten im Haus waren eine willkommene Abwechslung zu den eiskalten Gebirgsbächen und den Löchern, die wir sonst im Wald graben mussten. Mir hatte es besonders eine große, ausgeleierte Hängematte angetan, die an einer Bergflanke aufgehängt war, und von der aus man einen atemberaubenden Blick über ein unberührtes Tal mit dramatischen Felsen und der unterschiedlichsten Vegetation hatte. Die ruhige, geistliche Atmosphäre an diesem Ort half mir, mich daran zu gewöhnen, dass Yonit nicht länger bei uns war.

Meine Ruhe wurde durch Kens Kommandoton gestört: „Pack zusammen, wir fahren weiter!" Das war der Tropfen, der das Fass zum Überlaufen brachte. Ich hatte es satt, dass man mir ständig befahl, wann ich zu bleiben, wo ich hinzugehen und was ich zu denken hatte. Ich ging nirgendwo hin, und der Bus ebenso wenig.

Das Nirwana war nirgendwo in Sicht. Wir hatten weder unsere Körper noch unsere Egos hinter uns gelassen. Es hatte sogar den Anschein, als hätte Gils Ego eher noch zugenommen. Ich hatte alles gegeben und nichts zurückbekommen.

Die Hoffnungen und Erwartungen, die wir in Philadelphia gehabt hatten, waren nicht erfüllt worden, und es gab keinen Grund anzunehmen, dass sie es jemals werden würden. Gil und Ken würden sich einfach jemand anderen suchen müssen, den sie herumstoßen konnten. Ich beschloss, zum „Land" zurückzukehren. Da ihre einzige Alternative darin bestand, mit dem schweigenden Yogi per Anhalter nach New York zu trampen, entschied sich Sara für den grünen Bus.

In der Kommune wurde ich wie ein lang verlorener Bruder willkommen geheißen. Alle meinten, wie sehr ich doch dorthin gehörte. Manche Nächte verbrachte ich im Bus, manche in den Häusern anderer Leute und manche draußen bei den Kühen.

Das Ende meiner langen Fahrt schien meine Verwirrung aber nur noch verstärkt zu haben. Hatte ich es verpasst? Hatte ich einfach nicht das Zeug dazu? Hatte ich nur viel zu viel Angst, um wirklich loszulassen? Ich schlug mich von morgens bis abends mit solchen Zweifeln in meinen Gedanken herum. Der Schlaf war meine einzige Zuflucht. Alles, was ich versucht hatte, war fehlgeschlagen. Ich hatte keinen Ort, an den ich mich hätte wenden können.

Yonit war es dagegen sehr leicht gefallen, sich auf diese eklektische Gemeinschaft einzulassen, in der sich jeder das an Philosophien und Ideen aussuchte, was am Besten in seine Vorstellungen hineinzupassen schien. Sie hatte einen sehr hübschen Winkel gefunden, wo sie sich eine vier Quadratmeter große Hütte komplett mit Schlafgalerie und Holzofen gebaut hatte.

Der Trip auf dem Hügel

Drogen waren nicht die Hauptattraktion auf dem „Land", aber es herrschte auch niemals Mangel daran. Eines Nachts beschlossen etwa acht von uns nach dem Ende einer langen Party, etwas LSD einzuwerfen und auf diese Weise gemeinsam den Sonnenaufgang zu erleben. So kam es, dass in den letzten Minuten einer kühlen Septembernacht eine Handvoll einsamer Gestalten auf der höchsten Erhebung des „Landes" in Decken und Schlafsäcke gehüllt den Aufgang eines neuen Tages miterlebte. Keiner von uns hatte sich bewegt, als die Sonne hinter uns wieder versank. Von Sonnenaufgang bis zu ihrem Untergang saßen wir einfach nur da. Die Zeit schien stillzustehen. Es war immer Jetzt.

Obwohl Yonit direkt vor mir saß, hätten wir genauso gut durch einen ganzen Ozean getrennt sein können, so wenig verband uns noch miteinander. Wir waren nicht mehr dieselben, die wir früher gewesen waren. Sie hatte einen Mann geheiratet, der nach außen hin selbstsicher auftrat, der wusste, was er wollte und der alles im Griff hatte. Die Frau, die ich geheiratet hatte, war furchtsam gewesen, voller Sorge, anfällig für Depressionen und hatte viel Liebe gebraucht. Inzwischen waren die Karten neu gemischt und verteilt worden. Wir hatten die Rollen getauscht. Es war ein seltsames Gefühl. Sie war meine Frau. Wir hatten zusammen gelebt. Tief in meinem Innersten wollte ich wieder mit ihr zusammen sein, aber dieses Leben gehörte der Vergangenheit an … aus und vorbei.

Seit der Zeit, als wir Gil in Philadelphia begegnet waren, hatte sich unsere Ehe in einem beständigen Auflösungsprozess befunden. Wir dachten, das müsste so sein. Wir durften uns an nichts und niemanden binden. Ich war verwirrt, ziellos und deprimiert, ich fühlte mich verloren und einsam. Ich hatte kein Zuhause und keine Freunde. Ich hatte alles losgelassen. Endlich hatte ich mein Ziel erreicht.

Während sich die anderen amüsierten und Spaß miteinander hatten, schwebte ich in meiner eigenen Welt. So verbrachte ich den größten Teil meiner Zeit. Ich rang mit dem Dasein an sich. Ich kämpfte gegen meine innere Leere. Suchte nach der Tür. Forschte nach dem Schlüssel. Streckte mich aus nach dem Licht. Bis zu diesem Zeitpunkt hatte es immer noch einen weiteren Weg gegeben, den ich versuchen konnte, etwas anderes, das erforscht werden wollte, noch einen weiteren Hoffnungsstrahl, eine weitere Stimme, die rief:

**„Hier drüben,
es ist hier drüben,
das ist der Weg!"**

Irgendwann im Laufe des Tages, den wir auf der Hügelkuppe verbrachten, kam mir ein Gedanke. Wie wäre es wohl, einsam zusammen mit nur einer weiteren Person auf einer Insel gestrandet zu sein? Ich stellte mir vor, wie mein Kontakt mit dieser anderen Person aussehen würde. Dabei ging ich davon aus, dass der andere jemand war, der es im Leben zu etwas gebracht hatte. Was würde ich sagen, nachdem ich alles erzählt hatte, was ich getan hatte – nachdem ich es mehrfach erzählt hatte? Was würde ich tun? Wer würde ich sein? Ich wusste in diesem Augenblick, dass nichts, was ich jemals tun oder werden könnte, in der Lage wäre zu verändern, wer ich wirklich war. Wer ich war, hatte überhaupt nichts damit zu tun, was ich tat. Ich entdeckte eine Leere in mir, die ich niemals füllen konnte.

Ich hätte am liebsten geweint, aber mein Herz war wie betäubt. Ich saß da wie ein Stein. Ungläubig betrachtete ich das Ende meines Lebens.

Es gab keinen Ort, an den ich noch gehen konnte. All meine Hoffnung war verloren. Alle meine Träume waren zerplatzt. Ich saß da … von Sonnenaufgang bis Sonnenuntergang.
Das war meine Lebensgeschichte.

Bei all unseren Reisen und unserer ganzen Suche hatte ich mich nicht bewegt … nirgendwohin.

Ein seltsames Gebet

Eines Morgens kurz nach meinem Erlebnis auf der Hügelkuppe kam mein Cousin Jeff zusammen mit einer Freundin zu mir ins Zelt und weckte mich. Sie wollten mit mir über Jesus reden. Ich hatte mich mein Leben lang nie besonders für diesen „christlichen Gott" interessiert. In meiner Kinder- und Jugendzeit wollte ich noch nicht einmal einen Fuß auf die Treppen vor einer Kirche setzen. Für mich waren Kirchen heidnische Orte voller Heiligenstatuen und Götzenanbetung. *Sie erklärten mir, dass Jesus der Messias ist, und dass er in mein Herz kommen wollte. Die Sache mit dem Messias sagte mir nichts, und dass er in mein Herz kommen wollte, klang ziemlich seltsam.*

Es gab viele Dinge, von denen ich mit Sicherheit sagen konnte, dass sie nicht die Antwort waren: Geld, Materialismus, Drogen, Sex, Politik, Ehe, Erkenntnis, fernöstliche Religionen, Loslassen … ich hatte mich all diesen Dingen verschrieben und außer leeren Versprechungen nichts erhalten. Wenn ich ehrlich war, konnte ich nicht behaupten zu wissen, dass das, was sie über Jesus sagten, falsch war.

Ich glaubte an Gott. Nur wusste ich nicht wirklich, wer oder was er war. Aber ich war mir ziemlich sicher, dass es nur einen gab. Ich wusste, dass eine Tatsache dadurch, dass jemand dieses oder jenes glaubte, noch lange nicht wahr wurde. Gott war einfach, wer Gott war. Nichts, was irgendjemand sagen oder denken konnte, würde jemals etwas an dieser Tatsache ändern. Ich glaubte auf keinen Fall, was sie sagten, aber wenn ich etwas nur aufgrund dessen ablehnte, was ich von anderen gehört hatte, würde mich das in die gleiche Kategorie wie die ganzen engstirnigen Heuchler stecken, denen ich zu entkommen suchte.

Ich war schon zu weit gegangen, um jetzt noch einen Rückzieher zu machen. Ich hatte alles ausprobiert, was mir halbwegs plausibel vorgekommen war. Mir blieb gar keine andere Wahl, als dieser Möglichkeit ebenfalls eine faire Chance zu geben und es wenigstens zu versuchen. Gott würde sich bestimmt nicht vor jemandem verbergen, der ihn mit jeder Faser und aller Kraft, die er noch hatte, suchte. Wenn das, was sie sagten, der Wahrheit entsprach, würde Jesus es mir sicherlich selbst sagen. Daran hatte ich nicht den geringsten Zweifel.

Wie würde er zu mir sprechen?

Würde ich erkennen, dass er es war?

Wie konnte ich mir meiner Sache sicher sein?

Die Antwort war einfach. Wenn Gott den Menschen mit Ohren, Augen, Verstand und Mund geschaffen hatte, dann verstand er auf jeden Fall etwas von Kommunikation. Er würde wissen, wie er mich erreichen konnte, sodass ich verstehen würde, dass er es war.

Jeff fragte, ob ich mein Leben Jesus übergeben und ihn in mein Herz einladen wollte. Ich verstand überhaupt nicht, wovon er sprach. Es schien mir sogar eine ziemlich dumme Frage zu sein. Jesus, wenn es ihn denn überhaupt gab, musste sich mir doch zuerst in einer Art direkten

Offenbarung zeigen. Sobald er mich davon überzeugt hätte, dass er der Einzige war, dann wäre diese Frage ein für alle Mal geklärt. So wild ich auch gewesen war, hatte ich doch alles, was ich ausprobiert hatte, von einem sehr logischen Standpunkt aus betrachtet. Eines war mir von Anfang an klar gewesen: Wenn du eine Verbindung mit dem Schöpfer des Universums eingehst, stellst du keine Bedingungen mehr.

So kam es, dass ich zum ersten Mal in meinem Leben – laut – betete. Es war ein seltsames Gefühl, einfach „in die Luft" zu sprechen. War denn da irgendjemand? Wenn er da war, würde er antworten. „Jesus", sagte ich, wobei mir die Worte in der Kehle stecken blieben, „mein Herz ist offen für dich. Komm in mein Leben und zeige mir deinen Weg."

Jeff und seine Freundin schienen zufrieden zu sein. Sie lasen mir einige Stellen aus der Bibel vor, beteten für mich und verschwanden. Keine Glocken oder Lichter, keine Sirenen oder Freudengeheul … nur Schweigen und Leere … nichts Neues, nichts hatte sich geändert. Nur Minuten, nachdem sie mich verlassen hatten, war es, als wären sie nie gekommen. Ich war immer noch allein.

Schluss!

Bis zu diesem Tag war der tiefste Brunnen in meiner Seele von Einsamkeit erfüllt gewesen. Das erste Mal hatte ich dieses Vakuum einige Jahre zuvor auf einem LSD-Trip in unserer Wohnung in New York gesehen. Als die Droge anfing zu wirken, wurde mir mit einem Mal das Innerste meines Wesens bewusst. Man könnte es auch meinen Geist nennen. Es war auf jeden Fall nicht Teil meines Körpers. Mein Körper war lediglich das Haus, in dem es wohnte. Mein Körper ist für meinen Geist, was Kleider für meinen Körper sind. Bei mir hatten psychedelische Drogen normalerweise die Auswirkung, dass sie mir lediglich verstärkt vor Augen führten, dass ich nicht in Harmonie mit der Schöpfung lebte. Je mehr Yonit versuchte, mir zu helfen, desto mehr erkannte ich, dass wir durch einen unüberwindlichen Abgrund getrennt waren. Kein Mensch kann den Geist eines anderen erreichen. Ich wusste, dass kein Mensch jemals in diesen Brunnen unendlicher und absoluter Finsternis vorstoßen würde.

Mit dem Oktober hielt das Drohgespenst des Winterregens Einzug auf dem „Land". Ich musste endlich das Haus fertig stellen, an dem ich baute. Die Pfosten waren bereits in den Boden getrieben. Der Fußboden war gelegt. Die Wände und Fenster waren bereits dem Rahmen nach vorgegeben.

Eines Tages hatte ich LSD eingeworfen und hämmerte vor mich hin. Statt des Nagels im Holz traf ich aber die Nägel an zwei meiner Fingerspitzen. Es war ein großer Hammer und ich hatte weit ausgeholt. Noch Stunden später hämmerte der Schmerz unerbittlich in meinen Fingern.

Ich musste etwas tun, um mich von meinen Schmerzen abzulenken. Deshalb ging ich in das Haus eines Freundes hinüber, um dort etwas zu essen zu kochen. Er hatte einen Propangas-Herd, der von Hand entzündet werden musste. Ich drehte das Gasventil auf und zündete ein Streichholz an, das ich an die Gasdüse hielt. Die Flamme ging aber wieder aus. Während das Gas weiter ausströmte, zündete ich ein weiteres Streichholz an. Mein Gesicht wurde von einer riesigen, blauen Stichflamme eingehüllt. Die Wucht der Explosion war so gewaltig, dass ich etwa zwei Meter zurück und aus der Türe hinaus geschleudert wurde. Meine Haare und mein Bart waren abgesengt und mein Gesicht brannte wie Feuer. Das lenkte mich auf jeden Fall von meinen Fingern ab. Ich konnte nur noch einen einzigen klaren Gedanken fassen: *Ich muss hier verschwinden, solange ich noch laufen kann!*

Tapetenwechsel

Es war bereits Monate her, seit ich mit meinen Eltern Kontakt aufgenommen hatte. Ich hatte meine Mutter das letzte Mal gesehen, als Gil, Ken und ich einen Ausflug nach New York machten, ehe wir Philadelphia verließen. Wir hatten die Notwendigkeit gespürt, wenigstens zu versuchen, sie von der Tatsache zu überzeugen, dass der einzige Weg, wie sie Gott finden konnte, darin bestand, alles andere loszulassen. Meine arme Mutter war über uns drei zottelmähnige Gestalten absolut entsetzt. Alles, was ihr in diesem Augenblick einfiel, war Charles Manson (der Sektenführer, der zum Mörder geworden war). Sie rief meinen Vater bei der Arbeit an, und er bat uns zu verschwinden.

Aber als ich in meiner Verzweiflung aus Kalifornien anrief, waren sie wie immer zur Stelle, um mir zu helfen. Innerhalb weniger Tage hatte ich ein Hin- und Rückflugticket in der Hand, um sie zu besuchen. Ich dachte mir, dass eine Woche Verschnaufpause ausreichend wäre, und plante, rechtzeitig zur großen Halloween-Party wieder auf dem „Land" zu sein.

Es tat gut, wieder zu Hause zu sein. Acht Monate Obdachlosigkeit hatten mich erschöpft. Allein die Tatsache, wieder in einem Bett zu schlafen, verlieh mir das Gefühl von Wohlergehen. Innerhalb weniger Tage verschwamm die Erinnerung an Kalifornien immer mehr. Ich verschob meinen Rückflug mehrere Male, ehe ich beschloss, überhaupt nicht zurückzukehren.

So gut sich mein Körper äußerlich erholt hatte, wurde ich doch innerlich weiter von dieser schrecklichen Leere zerfressen. Nachdenken war mein größter Feind. Es brachte nur Zweifel und Verwirrung in katastrophalen Ausmaßen mit sich. Meine einzige Erlösung bestand darin, mich ständig zu beschäftigen.

In dem Käseladen, in dem mein Vater arbeitete, gab es immer jede Menge zu tun. So war ich zwölf Stunden täglich damit beschäftigt, Käse zu schneiden, Geschenkkartons herzurichten und Botengänge zu erledigen. Aber nach wenigen Monaten hatte mich die Finsternis wieder eingeholt. Ich war fast 26 und hatte immer noch keinerlei

Vorstellung davon, worum es im Leben wirklich ging. Ich brauchte einen Ort, an dem ich mich wirklich fallen lassen konnte. Ich konnte nicht länger in der Wohnung meiner Eltern bleiben.

Anfang Januar des Jahres 1973 rief ich einen alten Freund an, einen Musiker, mit dem ich früher zusammen gespielt hatte. Er war gerade auf der Suche nach einem Mieter für sein Studio, das er für 95 Dollar im Monat vermieten wollte. Es lag an der Kreuzung 95th/Fifth Avenue, direkt gegenüber dem Central Park. Man konnte es nicht wirklich als Wohnung bezeichnen. Die Wände bestanden aus Betonblöcken, der Fußboden war aus Waschbeton. Rohre ragten aus der Decke, die Toilette befand sich am Ende des Gangs. Es gab weder fließendes Wasser noch Gas. Durch das einzige schmale Fenster konnte man die Menschen auf dem Gehsteig von den Knien abwärts beobachten.

Aber es hatte durchaus auch seine Vorteile, in einem Lagerraum im Keller zu wohnen. Ich konnte so viel Lärm machen, wie ich nur wollte, und es war billig. Meine Anforderungen waren vollständig erfüllt. Aber der Schmerz in meiner Seele wollte nicht verschwinden.

Ich hatte keinerlei Interesse an Religion.

Drogen waren eine Sackgasse.

Menschen halfen ein wenig,

so lange sie da waren.

Eine Offenbarung im Keller

Eines Nachts, es muss Ende Februar gewesen sein, schreckte ich gegen drei Uhr morgens aus dem Tiefschlaf hoch. Ich hörte keinen Ton und sah nichts, aber ich wusste, dass noch jemand in meinem Zimmer war. Der Name „Jesus" kreiste immer wieder in meinen Gedanken. Seine Gegenwart war überwältigend. Ich hatte noch nie zuvor in meinem Leben etwas Derartiges erlebt. Ein Gefühl der unbegrenzten Macht durchflutete mein Bewusstsein. Ich war noch niemals wacher gewesen als zu diesem Zeitpunkt. Ich wusste einfach, dass dieses „Wesen" alles wusste, was ich jemals getan hatte, es kannte jedes Wort, das ich gesprochen hatte, und jeden Gedanken, der mir jemals durch den Kopf geschossen war. Ich war innerlich völlig nackt. Und dann überflutete mich – in noch stärkerem Maße als das Bewusstsein von unendlichem Wissen und Macht – eine Welle bedingungsloser Liebe. Ich war von Kopf bis Fuß angefüllt damit. Ich konnte spüren, wie sich diese Liebe – reine Liebe – in mein Herz ergoss. Es gab keine Furcht mehr, nur noch Liebe … so viel Liebe, dass ich sie nicht fassen konnte.

Ich ergriff meine Gitarre und fing an zu singen: „Jesus, ich liebe dich … Jesus, ich liebe dich." Die gleiche Liebe, die von ihm zu mir ausgegangen war, floss nun zu ihm zurück. In einem Augenblick waren all die Leere, die ganze Einsamkeit und der beständige Schmerz verschwunden.

Ich war erfüllt.

Die Leere war ausgefüllt.

Ich war nicht länger allein.

Meine Gedanken fingen an, sich zu drehen.

Was ist hier los?

Weshalb passiert das?

Woher kommt es?

Bin ich dabei, zu einem „Jesus-Freak" zu werden?

Ich bin Jude!

Was werden meine Eltern denken?

Was werden meine Freunde denken?

(Irgendwie hatte ich die Begebenheit in dem Zelt vollkommen vergessen, als mein Cousin Jeff mich auf dem „Land" besucht hatte, und als ich Jesus gebetet hatte, in mein Leben zu kommen und mir seinen Weg zu zeigen.)

Eine Einladung mit einer Bedingung

Dann sprach er zu mir. Er sprach nicht mit einer hörbaren Stimme, aber so sicher ich wusste, dass ich wach war, wusste ich auch, dass es nicht meine eigenen Gedanken waren, die ich hier hörte. Was er mir zu sagen hatte, machte das unmissverständlich klar: „Das ist die Liebe, die ich für dich habe und die für immer in dir wohnen soll. Du musst dich mir ganz übergeben, um sie zu bekommen."

Er erwartete von mir, dass ich mich ihm übergab. Ich wusste nur zu genau, was das bedeutete. Was immer er mir sagen würde, würde ich tun. Keine Fragen, kein „wenn" und „aber", kein „und" ... vollständige und rückhaltlose Hingabe, ich musste meine ganze Unabhängigkeit an ihn ausliefern. Was für eine Vorstellung! Das war einfach zu viel für mich. Damit kam ich nicht zurecht. Ich konnte mich doch nicht einfach einem anderen übergeben. Das konnte ich einfach nicht. Es wurden keine weiteren Worte gesprochen. Nichts weiter wurde kommuniziert. Er hatte meine Gedanken gehört und ging. Ich schlief wieder ein.

Als ich erwachte, konnte ich immer noch die Realität dieser Erfahrung spüren. War es ein Traum gewesen? Meine Gedanken waren voll und ganz mit der Aufforderung beschäftigt: „Übergib dich mir!" Ich dachte über die Auswirkungen nach, die eine solche Entscheidung mit sich bringen würde. Ich fürchtete mich ganz schlicht und einfach davor. Das Ganze kam mir schon beinahe unwirklich vor. Aber wenn es nie geschehen war, weshalb sollte ich mich dann davor fürchten, mich jemandem zu übergeben, den es gar nicht wirklich gab? Es konnte kein Traum gewesen sein. Die Gründe für meine Furcht lagen auf der Hand:

Wem konnte man so weit vertrauen, dass man ihm die Kontrolle über sein Leben übergab? Woher sollte man wissen, dass man nicht missbraucht oder ausgebeutet werden würde?

Aber was wäre, wenn es jemanden gäbe, der nichts von mir erwarten würde, was nicht in meinem eigenen

Interesse und zu meinem eigenen Besten wäre, und wenn ich mir dieser Tatsache von Anfang an sicher sein könnte? Was, wenn dieser Jemand der Einzige wäre, der das für mich tun könnte, was ich nicht für mich selbst tun konnte … wenn er etwas hatte, was ich verzweifelt brauchte und ohne das ich nicht mehr leben konnte?

Wenn das der Fall war,

und wenn das die Bedingungen dafür waren,

dann würde nur ein Narr sich diese Gelegenheit entgehen lassen.

Aber wie sollte ich nur jemals irgendjemandem so weit vertrauen?

Ich wusste nicht viel über Jesus. Ich hatte davon gehört, dass er sein Leben für die Sünde der anderen aufgegeben hatte. Damit konnte ich nicht viel anfangen, aber wenn er das getan hatte, dann war er wohl jemand, dem ich vertrauen konnte.

In weniger als einer Woche war die Erinnerung an meine Begegnung mit Jesus vollständig aus meinem Gedächtnis verschwunden. Ich dachte mit keinem einzigen Gedanken mehr daran. Statt dessen verspürte ich eine große Unruhe, mein Leben endlich wieder in Schwung zu bekommen. Ich musste die Vergangenheit endlich hinter mir lassen und einen neuen Anfang wagen. Yonit und ich waren vor dem Gesetz immer noch verheiratet, aber unsere Ehe hatte schon längst keinen Bestand mehr. Sie gehörte der Vergangenheit an. Ich musste mich scheiden lassen.

Ein Kapitel meines Lebens zum Abschluss bringen

Nach einigen Wochen erhielt ich einen Brief von Yonit. Es war das erste Mal, dass ich von ihr hörte, seit ich das „Land" verlassen hatte. Sie schrieb mir, dass sie nun an Jesus glaubte. Ich konnte es nicht fassen. Sie musste den Verstand völlig verloren haben. Ich schrieb ihr umgehend zurück: „Wann wirst du endlich auf deinen eigenen Füßen stehen? Du suchst ja nur nach einem anderen Guru, dem du folgen kannst." Jetzt war ich mir sicher, dass ich die Scheidung wollte.

Einmal mehr bezahlten Mom und Dad das Flugticket. Ihre einzige Bedingung war, dass ich Yonit unter gar keinen Umständen mit nach Hause bringen würde. Sie machten Yonit für all meine Probleme verantwortlich. Ehe ich ihr begegnet war, war ich ein ganz normaler, geldgieriger Egomane gewesen, der bereit war, über Leichen zu gehen, um sich den Weg auf der Karriereleiter nach oben zu erkämpfen.

Am 10. Mai 1973 landete ich in San Francisco, aber ich hatte niemandem in der Kommune Bescheid gesagt, dass ich kommen würde. Ich nahm den Bus nach Palo Alto, trampte die Page Mill Road entlang und kam endlich auf dem „Land" an. Eigentlich sah alles noch genau so aus, wie ich es acht Monate zuvor verlassen hatte. Ich dagegen hatte einige Veränderungen durchgemacht. Mein Bart war verschwunden, die Haare kurz geschnitten, und braune Velourshosen hatten den *dhoti* ersetzt. Ich sah so spießig aus wie nur möglich. Wenn ich den Leuten nicht gesagt hätte, wer ich war, wären sie von selbst nie darauf gekommen. Da ich von der Reise ziemlich erschöpft war, ging ich bald zum „Dom" (unserer Leichtbauhalle) hinüber, suchte mir eine freie Matratze und schlief ein. Yonit war bei einem Musikfestival und wurde erst in einigen Tagen zurück erwartet.

Nachdem ich am folgenden Tag zunächst einige alte Freundschaften mit Leuten wieder aufgefrischt hatte, die unterhalb des „Landes" lebten, machte ich mich auf den Weg zu meinem Cousin Jeff. Er selbst war nicht da, aber die Leute dort hießen mich herzlich willkommen. Einer nach dem anderen erklärte mir immer wieder: „Du brauchst Jesus, du musst gerettet werden." Ich erwiderte nur: „Ich liebe Gott. Ich habe Gott in meinem Herzen."

Sie schüttelten lediglich den Kopf und schwafelten immer weiter von Jesus. Nach einigen Runden dieses engstirnigen, religiösen Geschwätzes beschloss ich, auf das „Land" zurückzukehren. Ich konnte es kaum erwarten, Yonit zu sehen, um herauszufinden, wie wir die ganze Scheidungsangelegenheit am einfachsten über die Bühne bekommen würden, damit ich endlich einen Neuanfang machen konnte.

Es war ein seltsames Gefühl, wieder im Dom zu sein. Es schien alles so vertraut, aber gleichzeitig fühlte ich mich, als wäre ich noch nie hier gewesen. Der kleine Bach floss immer noch hinter dem Bau vorbei. Es war ein sehr friedlicher Ort. Und dann kam der Augenblick, auf den ich seit Tagen gewartet hatte. Die Tür schwang auf und Yonit kam herein. Es herrschte eine überraschend entspannte Atmosphäre zwischen uns. Das war ganz und gar nicht, was ich erwartet hatte. Keine Spannung oder Feindseligkeit, kein Gift. Irgendwie waren wir wie zwei alte Freunde, die Nettigkeiten austauschten.

Ehe ich noch die Gelegenheit hatte, den Grund für meinen Besuch zu erwähnen, fragte sie, wie es mir ging und ob ich anderen Menschen von Jesus erzählte. Diese Frage traf mich völlig unvorbereitet. „Weshalb sollte ich das tun?", entgegnete ich. „Nun, was war das denn, was letztes Jahr zusammen mit Jeff und Dianne im Zelt passiert ist?", fragte sie zurück.

Diese einfache Frage explodierte in meinem Gehirn. Das Zelt! Das Gebet im Zelt! Plötzlich erinnerte ich mich an alles, was geschehen war. Jesus war zu mir in meine Kellerwohnung gekommen, weil er das Gebet gehört hatte, das ich damals im August gebetet hatte. Ich hatte ihn gebeten, sich mir zu beweisen, indem er in mein Herz kam und mir seine Wege zeigte. Er hatte genau das getan, worum ich ihn gebeten hatte.

    Es war also alles wahr.

        Er war der Messias.

            Meine Suche war vorbei.

                Ich hatte den Weg zu Gott gefunden!

Es war, als hätte mein ganzes Leben lang ein Schleier über meinem Verstand gelegen. In einem Augenblick wurde er nun weggezogen. Zum allerersten Mal konnte ich wirklich sehen. Versuchen Sie sich einmal vorzustellen, wie es ist, blind geboren zu werden und plötzlich von einem Moment auf den nächsten sehen zu können. Meine innere Finsternis wurde von Licht durchströmt, jeder Winkel war mit einem Mal von Licht erfüllt. Mein Herz wurde von dem Frieden und der Liebe durchdrungen, nach der ich so verzweifelt gesucht hatte. Er hatte das für mich getan, was ich selbst nicht tun konnte. Tränen strömten über mein Gesicht.

In der Zwischenzeit wartete Yonit immer noch auf die Antwort zu ihrer Frage, aber als sie sah, wie ich anfing zu weinen, fragte sie: „Was habe ich denn gesagt?" Ich war kaum in der Lage zu sprechen, aber dennoch gelang es mir irgendwie, ihr zu erklären, dass ich plötzlich wusste, dass alles wahr ist. Jesus war, Jesus ist der Eine ... der Messias für Israel. Und irgendwie wusste ich auch, dass sowohl das Alte wie auch das Neue Testament beide wahr waren, obwohl ich sie nie richtig gelesen hatte.

Da begann Yonit zu weinen. Wir saßen gemeinsam auf dem Boden, hielten uns in den Armen und weinten. Wer hätte sich einen solchen Augenblick jemals träumen lassen? In einem Augenblick waren wir von dem Zustand, in dem wir durch Welten getrennt waren, an den Punkt gekommen, an dem wir die innigste und intimste Gemeinschaft teilten, die wir jemals erlebt hatten. Gott hatte uns neues Leben geschenkt. Alle meine Fragen hatten sich in Luft aufgelöst, und die Leere ebenfalls.

Es bleibt also noch die eine, alles entscheidende Frage, die in dem Film „Matrix" gestellt wurde:

Wollen wir die rote Pille ... oder die blaue Pille?

Nachwort

Im Jahr 1992 verließen Arni und Yonit New York zusammen mit ihren beiden Kindern, die noch im Teenageralter waren, und wanderten nach Israel aus. Ähnlich wie Abraham hatten auch sie keine Vorstellung davon, wo sie leben würden, oder was sie tun sollten, aber der Gott, der sie berufen hatte, würde auch mit ihnen sein. Heute, vierzehn Jahre später, steht das Zeugnis für Gottes Treue fest. Arni und Yonit sind Teil einer Gemeinschaft und eines Dienstes, *Emmaus Way*, der seinen Sitz in den Bergen von Judäa in der Nähe von Jerusalem hat. Es ist ihre Vision, in Israel und in den Nationen Anbetung unter jüdischen und nicht-jüdischen Gläubigen aufzurichten.

Wenn Sie mit uns Kontakt
aufnehmen wollen, schreiben Sie an:

**Nichts zu verlieren
c/o TOS
Eisenbahnstr. 124
72072 Tübingen
ewgermany@emmausway.org**